清·崔應階選定

研露樓琴譜

序言

古琴爲中華文化中頗具魅力的藝術形式之一，爲歷代先賢所器重。其與書法、繪畫、圍棋并爲文人雅士所必備之藝，而在中國古代文明歷程之中綿延不息，且成爲人們修身養性，以爲文雅的具體表現，故有「琴棋書畫」四雅之說。

中國古琴有着悠久之歷史，早在遠古時期便出現在古代的祭祀或盛典之上，具體源于何時，今人難以有很明確的具體時間考證。傳說神農氏曾「削桐爲琴，繩絲爲弦」而創造了琴。此外，還有「伏羲作琴」之說，也有「舜作五弦之琴，以歌南風」之傳。《詩經》記曰：「琴瑟擊鼓，

以御田祖，以祈甘雨，以介我稷黍，以穀我士女。」無論是神農說、伏羲說還是舜作五弦之琴，人們將琴的起源與心中所崇仰的先聖附和在一起，一是可以顯示琴之起源久遠，二是以彰顯琴之典雅。由此足以看出古琴在中國古代的地位及作用。古琴，已經不再簡單爲某件演奏之器樂，而賦予了更多的民族文化之內涵。其以歷史之悠久、蘊育之深邃、意境之空靈，在中國樂壇，乃至中華文明之歷程中，顯示出極其顯著的藝術魅力，并在以後的發展過程之中，爲儒、道、佛各家分別賦予了更爲深邃的文化內涵，成爲華夏文明的重要內容之一。故此，琴被人們視爲「八音之首」，「冠衆樂之長，統大雅之尊」。

自遠古時琴的出現，古琴主要爲祭祀、盛典所用之樂

器。或爲諸侯、貴族所專崇。春秋戰國之後，逐漸爲民間流傳和喜好，并爲文人雅士所推崇，以爲儒雅之樂。故有伯牙彈琴而得知音，孔子聞琴聲而「三月不知肉味」、司馬相如撫琴而獲文君之心等千古佳話。衛國之師涓、晉國之師曠、鄭國之師文、魯國之師襄，皆爲春秋戰國之時名琴師而載譽青史。《高山》、《流水》、《陽春》、《白雪》、《雉朝飛》等名曲也爲千古之絕唱流芳于世。古琴，已成爲華夏文化高雅的象征。兩漢及南北朝之時，古琴有了更大的發展。作爲一門高雅的藝術表現形式，古琴藝術不僅僅在《相和歌》、《清商樂》之中爲伴奏之主樂，還以「但曲」之形式展現古琴的藝術表現力。此時，《廣陵散》、《大胡笳鳴》、《小胡笳鳴》之創作，顯示出當時古琴

序言

二

藝術發展的階段性成就。東漢時的蔡邕父女、魏晉時的嵇康盡爲當時古琴大家。

隋唐時爲中華文化發展之高峰，雖有西域琵琶傳入，古琴略有影響，但古琴譜的出現，使得中國古琴藝術的發展進入一個新的階段，且對後世影響極大。隋末唐初，被世人尊稱爲「趙師」的著名琴師趙耶利對前朝所流傳下來的古琴曲進行收集和整理，并撰著有《琴叙譜》、《彈琴手勢圖譜》等琴學著作，對歷朝各代所流傳的琴譜及其演奏方式進行整理和歸納，將古琴藝術推向了一個新的發展高度。其曰：「吳聲清婉，若長江廣流，綿延徐逝，有國土之風。蜀聲躁急，若急浪奔雷，亦一時之俊」。趙氏之說，足見當時對各個不同地域琴風及演奏流派的研究，已經達

到很高的水平。

唐中葉以後的曹柔，則對中國古琴藝術的發展有着更爲顯著的貢獻。唐代以前古琴記譜皆爲「文字譜」，即以文字的形式詳盡記錄弦序徽位和和演奏指法。「文字譜」雖爲古代琴譜的傳承起到了極爲重要的作用，但頗爲繁雜，不易更爲便利的記述和運用。有唐一代，不管是廟堂之上，還是市井瓦肆，吟唱酬和爲大唐盛行之風。如此繁瑣的「文字譜」對教坊、瓦肆而言略顯艱澀。況即便不是市井瓦肆，文人雅士之間相和相吟，也願樂譜更爲簡潔。曹柔順古琴演奏之便，創「減字譜」。「減字譜」使用特殊的圖形文字來記錄古琴譜，按相應之規律將漢字拆分組合，形成自成體系的樂譜符號。「減字譜」的創立及其推

序言

廣，爲中國古代古琴藝術的流傳和發展，提供了一個徹底的專業記譜方式。它一方面令琴譜的傳授更爲專業化、職業化，另一方面確立了古代琴譜自成體系的記譜方式，對琴譜的傳承和專業化發展，起到了不可磨滅的積極作用。減字記譜法經後人逐步完善，一直沿用至今，現當代的簡譜、五綫譜皆無法取而代之。也正是由于有「減字譜」的創立和推廣，才使得中國古代大量的琴譜得以很好地流傳和保存下來，并帶動、促進了後朝對古代琴譜的整理和發展，形成中國古代獨有的琴譜記載方式。

兩宋時期，一方面是復古情懷的彌漫，人們更在意從古代的琴譜中追尋華夏古琴藝術的底蘊。而另一方面，宋詞的濫觴又大大地刺激了兩宋時期的琴譜的創作。郭

汧的《瀟湘水雲》、《泛滄浪》、《秋鴻》，劉志方的《忘

機》、《吳江吟》，毛敏中的《漁歌》、《樵歌》、《山居吟》

以及姜夔的琴歌《古怨》等，皆爲傳世名作而流傳至今。

明清以降，雕板印刷術的成熟及其典籍刊行的繁盛，

爲古代琴譜的進一步整理和傳承提供了更爲理想的物質和

技術的條件。我們今天所常見的古代傳世琴譜，基本上爲

明清兩代所刊行。朱元璋第十七子寧王朱權所整理、刊行

的《神奇秘譜》便是最具代表意義的古代琴譜。

這種大規模的琴譜整理和研究的深入，加之以往歷朝

各代古琴演奏之法的逐步發展和日臻完善，華夏古琴漸成

一門獨立的藝術表現形式，由此形成「琴學」，并因地域

文化的影響以及師承之異、傳譜之差，古琴逐漸形成了風

格各异的不同流派，主要有虞山派、廣陵派、金陵派、松

山派、紹興派、諸城派、嶺南派、中州派、梅庵派等等，

這些不同的琴派風采各異，在中國古代藝苑之中各顯異

彩，争芳斗艷。

縱觀古琴藝術的發展歷程，其在我國音樂史、美學

史、文化史以及思想史等領域形成了巨大的影響，顯示出

華夏先賢以樂明志、以樂喻情的高雅情懷。古琴，不再僅

僅是一種藝術表現形式，從某種意義上說，古琴藝術是以

音樂的方式展現了中國古代精神文化。在這門博大精深的

藝術之中，道家的「清静無爲」，儒家的「中正平和」，釋

家的「寧静致遠」無不包容和體現于古琴藝術之中。二〇

〇三年中國古琴藝術被聯合國教科文組織列爲「人類口述

和非物質遺産代表作」也正是體現出中國古琴藝術的突出成就和它的顯著的藝術魅力。其爲中華文明的折射和華夏先人對人類文化的積極貢獻，也是我們民族極爲珍貴的文化財富。

近些年來，隨着社會的發展和新時代文化的構建，人們對傳統的古琴藝術的關注日趨重視，也形成了一批對古琴藝術所痴迷的愛好群體。這樣的變化對古琴藝術的復蘇和發展有着極爲積極的作用。歷朝各代傳承至今的古代琴譜一百五十餘部，但整理刊行者并不十分普及。目前有從古籍整理之視角出版的《琴曲集成》，作爲保護和整理中國古代典籍文獻，發掘和傳承古代琴譜之書，《琴曲集成》有着極爲重要的積極作用。但隨着今人對古琴藝術的關注

和繼承，人們更渴望追尋中國古琴藝術的表現意境，典雅氛圍和古樸的形式爲今人所鐘情。作爲陶冶情操，提高當代人的生活情趣，豐富人們的文化生活，「古琴熱」的再度興起，對新時期的文化發展以及對中國傳統文化的繼承和弘揚，更顯得意義非凡。人們希望從古琴的豐富內涵中尋求傳統文化的深邃，從古琴的悠揚之中感受華夏文化的無窮魅力，在高山流水、陽春白雪之中體悟着古人的藝術情懷。現代化的工業大生產，日新月異的電子時代，漸如白熾般競爭的商海職場，讓人們更爲眷顧古琴藝術所形成的典雅悠揚的藝術氛圍和情感陶醉。撫琴吟唱、閱譜求曲已不再僅僅局限于對古典琴譜的考證、校勘和整理，更多的是從古琴的藝術意境中領略古人的聖潔飄逸、靜心養

生、明志修身的人文情懷。這并非是復古之風，而是今人
將中國古琴藝術融會于當代文化潮流之中，是一種新體文
化的構築。在這樣的前提下，人們自然對古代琴譜的研
習，收藏逐步重視，并形成一個由不同社會階層構成的愛
好者群體，上至耄耋老者，下至稚嫩幼童，或為商海成功
之人，或為學界儒士，皆因古琴而聚。他們不僅僅是研習
琴譜，也希望在撫琴吟唱的過程中再現古人那種「以琴載
道」、「以琴明志」的意境，重現昔日琴瑟之美，以此為提
高生活情趣和文化品位的歡愉形式。這些琴學愛好者或自
發結為琴社團體，或在互聯網上設立琴學網站，典雅之
趣，儒雅之風展現得淋漓盡致。這樣的一種文化時尚，自
然對我國古代琴譜的整理刊行更為關注，也極為需要。

時下有種曲解，認為刊行古代琴譜，以新印古籍整理
方式集成即可，不必以綫裝形式而求復古，并對已經刊行
的綫裝琴譜的出版行為頗有微詞，這實際上在一定程度上
是對當今古琴愛好群體的忽視。以古籍整理影印的思路和
西式裝幀形式整理歷代琴譜，對保護和傳承我國古代典籍
文獻有着極為重要的意義，也的確應該如此。但這不意味
着僅僅以此形式就可以滿足多元化文化需求，更不意味着
適合當代琴學愛好者的全部需要。當今文化，多元化趨向
頗為顯著，不僅在內容上呈現百花齊放，在形式上亦風采
萬千。以一家之形而責衆家之態，甚至以一種古籍整理裝
幀形式而漠視其它刊行表現方式，與多元化文化發展無
益，與古琴藝術的博大精深之情懷背道而馳，也不符合我

們的「百家爭鳴、百花齊放」的出版方針。古琴愛好者不僅是要研習、傳授歷代琴譜，還在意撫琴吟唱的那種典雅的氛圍。一張古琴、一卷琴譜，焚香淨手，或輕撫鳴絲，或重挑凡桐，散音渾厚如鐘，泛音清越剔透，儒雅之風、典雅之意若一幅醉人畫卷，令人為之陶然。也正有此之意，中國書店出版社克服諸多困難，自籌資金，整理和刊行《中國古代琴譜叢刊》。

《中國古代琴譜叢刊》以綫裝之形式出版，所選底本或為傳世之珍稀版本，或為琴學愛好者必備之譜。每種書前均有對該書的提要性介紹，對該琴譜的主要內容、特點及其版本情況簡要介紹。對由於歷史傳承過程中散失之頁，盡力從其它版本中輯錄，然雖經多方努力，但因條件所限，終不能補配者，也以白頁示之，以為說明。在裝幀形式上，保留傳統琴譜的綫裝典籍特點，瓷青皮藍布套，以為古樸之貌。各譜皆單獨定價，以滿足琴學愛好者的實際需要。叢書無論是從琴學愛好者不同需要角度出發，還是撫琴吟唱、研習收藏，都頗為便利，與古典幽雅之氛圍和諧一體。我們期望《中國古代琴譜叢刊》的出版，為傳統古琴藝術的再度復興與輝煌有着積極的促動作用，也希望得到眾多的古琴愛好者的支持和指正。

潤農
乙酉年正月于海王村

題　要

《研露樓琴譜》，清崔應階輯。全書四卷，收古琴曲三十首，卷首爲指法。

崔應階，字吉升，號拙園，江夏人（今湖北武漢一帶），室名研露樓，又稱「研露樓主人」。應階因其父爲而蔭生，初授順天府通判，後遷西路同知，雍正年間擢昇山西汾州知府。乾隆年間，前後任河南驛鹽道、安徽按察使、貴州按察使、湖南布政使署巡撫、山東布政使、貴州巡撫等職。乾隆三十三年（一七六八）擢昇閩浙總督加太子太保銜，後任刑部尚書、左都御史，乾隆四十五年（一七八〇）以品休致，未幾而卒。

崔應階雖一生爲官，游歷各地，但其嗜好古琴，以此爲其一生追求。他重視琴譜的作用，序中言到：「余雖不能耳聆山水之間，但求其遺韵之可探索者，則唯譜是賴矣。」從序中可以推算出，崔氏曾在清雍正初年自晉返楚時，遇同鄉王受白，受白「鶴貌鷗心，寄情古雅，業精於琴」。二人交往三十年，崔氏得其秘傳十餘曲，皆高古淡雅，不同凡響。受白逝世後數年，受白後人又從應階游，亦精

琴道，暇時與應階彈奏琴曲，頗得受白餘韵。應階
遂取所藏受白之譜，擇其雅俗共賞者二十曲，相與
手訂，後因公事繁忙擱置。九年後，即清乾隆三十
一年（一七六六），揀出復校，輯爲《研露樓琴
譜》，刊刻公諸於世。

古黑水（今黑龍江）穆克登阿於清咸豐十一
年（一八六一）赴鄂探其兄長，一日偶於市肆故紙
堆中見《研露樓琴譜》一函，穆氏也嗜古琴，一見
之下，愛不釋手，欣然購回。後按譜試音，覺其深
沉古老，細密精詳，皆向所未聞之雅調。慨百年遺

音，僅存於灰燼之餘，幾乎湮没，於是重新雕版，
刻成於清同治三年（一八六四）。此次中國書店出
版，即據此刻本影印。

研露樓琴譜序

聖王作樂以化兆民八音克諧神
人以和而琴為樂之統與八音並
行近以備身理性遠以通神合德
故舜彈五絃而天下治師曠鼓琴
而元鶴舞其化民感物應若宮商
誠為君子畛啻御不可斯須去也古

摩
人樂志琴書家絃戶誦今則大
雅不作古調絕響偶有習斯者
不過伯什之一而又好為繁賾急
響世無成連伯牙而古音愈邈
余雖不能耳聆山水之間但求其
遺韻之可探索者則惟譜是賴矣
昔之著譜者自雍門而後惟尹芝

序

《重刊古琴水馨欵止氏　　三研露樓原本》

自晉返楚獲交吾鄉王子受白
手錄一軼後為好古者竊去及
曾授關雎欵乃箏曲見其抄本
余曩在盧溝遇休寧程子湘皐
大還閣松風館數冊耳雍門譜
於世近則徐青山之萬松閣興
仙薇音秘旨頗為詳備但少行

鶴貌鷗心寄情古雅業精於琴
與余往來豫楚間發三十年得
其秘傳十餘操高古淡遠不同
凡響倘卯謂中州派者非欸緣
以奔走吳楚簿書碌ゝ受白已
逝余手亦棘不復彈者五年于
茲戌寅陳梟吳門篴牘蝟集鴟

年餘心力政始簡不揣固陋復
思宓子之治適受白郎君如熙
來從余遊是蓋精其先人遺韵
者每退食自公風清月朗煮茗
焚香對理數曲便覺神清氣爽
而俗情頓滌噫琴之恊和人性
也若此與余因出向所錄受白

序

《古黑水稽放止氏
重刊》
三研賽露樓原本

譜數卷擇其雅俗共賞者凡二
十曲相與手訂未竣適移東藩
謬晉中丞倏又九年矣今政暇
揀出復較命張子松孫錄以付
梓公之於世吁方令

人在上脩明禮樂士君子可不援
琴一鼓太和以佐阜民解愠之

治耶則是譜豈僅為傳吾友受
白名而佐青山之不逮也我協
和陰陽移易風俗蓋有深望焉
乾隆三十一年歲次丙戌清和
月吉

　　　　楚鄂崔應階吉升甫撰

　　　　　　　并書

序

古黑水移敕止氏　重刊
西研盧樓原本

重刊研露樓琴譜序

曩者余直夫兄有絲桐之好初學指法
於王氏橐仙既而按譜求音以所得者
授余時余職充侍衞差務殷繁不無塵
俗之累雖稍諳徽音未能究其奧旨也
壬子冬余因病賦歸田里余兄亦於次
年從戎南下關山萬里魚雁難通蓬蓽

序

《古黑水穆散止民》
重刊
一研露樓原本

之間限於聞見而操縵之學無可適從
數年來迄未有所增益歲辛酉聞兄由
皖之鄂軍署養疴因前來省視及抵鄂
兄又視師淮揚適值武漢戒嚴余遂為
秀峯相國留省暫從戎幕維時兵燹甫
定市肆寂如一日偶於故紙堆中瞥見
拙圃崔公研露樓琴譜一函觸其所好

欣然購之展玩之餘見其刊刻成帙復
加手正者數十餘處是知崔公嗜好之
篤造詣之深殆非泛然而為優孟者比
喜而藏諸行篋以便翻閱癸亥冬余於
江北差次便視余兄累月盤桓出譜相
與參訂按譜試其音節覺其深沈古老
細密精詳皆余向所未聞之雅調因慨

序

百年遺響僅存於灰燼之餘惜其幾於
湮沒也特壽諸棗黎以永其傳蓋嘗論
之古之雅樂非一率皆宜乎與人與眾
惟琴之樂則尚夫一人之獨享是澹泊
純古之音枯外腴中之旨非凝思靜會
不可得也矧知其趣好而樂之者哉古
詩有云琴裏若能知賀若詩中定合愛

《重刊》《古黑水捄敝止民》 二 研露樓原本

陶潛是則能得其樂而養其天者惟隱
逸之賢者也想崔公為
盛世名臣其心得之餘自必有以契乎獨
享之實際者苟有篤好之士潛思默繹
玩索而有得焉亦可見崔公留譜期後
之苦心矣梓成不揣固陋聊述困學始
末以誌得譜之由若謂附和鳴高則非
余之志也
同治甲子歲仲春朔日黑龍江古大賀氏
穆克登阿識

序

研露樓琴譜

拙園崔應階手訂

卷首
　目錄
　指法

卷一
宮音

目錄

鷗鷺忘機　《重刊……術稷敔止氏》

圯橋進履

商音
　墨子悲絲
　靜觀吟
　釋談章

角音

目錄

徵音

卷二

松下觀濤

列子御風

塞上鴻

禹會塗山

樵歌

宋玉悲秋

平沙落雁 徵羽

卷三

羽音

佩蘭

漢宮秋月

雜朝飛

烏夜啼

卷四

黃鐘　胡笳十八拍

大雅

蕤賓　瀟湘水雲

目錄　　〈重刊〉〈呂漁水穩敬止民〉　三　研露樓原本

欸乃歌

環川王如熙皡民氏校譜

華亭張松孫鶴坪氏錄梓

研露樓琴譜

拙圓崔應階手訂

指法

右手

擘法右 《重升古標水豫敦止氏》一研露樓琴譜...

尸　擘也大指向外為尸

毛　托也大指向内為毛

木　抹也用食指入絃向内以甲尖端正而木之

乚　挑也用食指出絃甲向外亦須甲尖端正乚出必得從空懸落者佳

勹　勾也用中指入絃甲尖相半為勾

丂　剔也用中指出絃為丂剔不可太剛太剛則暴指不可太深太深則濁

丁　打也名指向内入絃為丁而有金石之聲一二絃散聲常用

亐　摘也名指入絃亐出為亐必欲伶俐

杢　抹挑也食指先抹後挑

冩　勾剔也中指先勹後丂

打摘也名指先丁後彡

早　撮食指挑中指勾齊起如一聲

聲　反撮也食指挑中指剔兩絃如一聲

卓　齊撮也如劈七勾二兩絃亦同聲

髟　三搖撮此結束聲也又大指爪起為搖假如名指按七絃十山
　　大指於九山間一搖右即一撮次二搖又一早總名曰搖早三聲
　　計之則三搖二早

發　三搖潑剌三聲如前搖撮之法用左一搖而右一潑左二搖而右一
　　剌亦結聲

指法右　　《重刊古黑水穆敬止氏》　三　研霞樓原本

叕　撥也假如按七絃七山七分與散六絃聲同用右手中食名指
　　向身內一次八後宜屈指

市　剌也同上法用名中食指齊向身外二市宜舒指

伏　伏也剌中令其無聲使之自然不響為妙

零　索鈴也如滾左按而右彈須次第而上像索中繫鈴之聲

帝　撞撥剌也宜用指有力而得聲亦宜乾淨而不雜

揉　拍殺也舒右四指於四山處彈而無聲

省　少息也少停一會再彈

疊　涓也一絃兩聲用木勹㐅彈先抹後勾取相連之聲

聲　雙彈也大指握中食二指先勹後乚兩絃如一聲

品　三彈也大指握名中食三指亐勹乚兩絃作三聲

勹　急也或急勹或急木皆是

笪　從頭也照從本句從彈

㞋　再作也或勹或木再彈一遍

女一　如一聲也以指按五絃七山半與笛同聲

昔法右

尸　聲也如早之下寫一尸別一尸三尸別三尸

㡭　背鎖也同絃上剔抹挑連彈三聲

㡭　短鎖也同絃上先抹勾慢彈二聲少息加背鎖得五聲

長　長鎖也同絃上先抹挑慢彈二聲少息加短鎖得七聲有用九聲者覺太煩勿用

無　無也右手不著絃處彈一下有意無意之間竟如彈不著之況

白　拍也兩絃同齊響如一聲

庄　度也如譜上是九山即於八山一彈速下九山再乚或另彈別

車　連也如乚四帶三絃而響

坚　輕彈也

高口　臨也食指一路滾去為之

田　粟也即木勹

厂　歷也連乚一二根絃

令　輪也名中食三指次第發出絃

等　半輪也用名中二指如前法

指法
古墨水稽廠止氏　重刊
四

厺　滾也名指寸某云二絃

弗　挑也食指木一絃云某絃輕輕連而勿斷

团　打圓也一挑一勾先得二声少息即急作二次得四声後復慢
挑一声以完或用一劈一勾亦如是法

圀　圓婁也假如一絃用勹木用三弦則同声齊響勿偏

夨　全扶也用食中名三指各八一弦同得声此惟泛音中有之

尖　半扶也用中食二指勹木齊響

眔　緩作也慢彈之謂

左手

九	吟也在上移動先大後小約四五回即收
犭	猱也係出山而大來大徃約數回
卜	綽也如七山音從八山卜至七山
氵	注也如九山音在八山氵至九山
镸	長吟也比吟多幾轉節奏中應少息者即以此代之更覺有致
糸	細吟也其音出圓縱者佳

指法左 【古琹水穆敬止氏】【重刊】 一 研露樓順本

夅	大吟也在山之下徃來與犭相似而音則有別
屵	小吟也比卜畧微
卜	綽吟也又名落指卜
氵	注吟也即隨注隨卜
飞	飛吟也二上二下更覺大雅古以如鳥之飛取義
辶	遊吟也下上得音尤退下復卜上又勺艮下如双立之類
多	急吟也繫而迫促

夋 退吟也得声後少息丌六

樛 往来吟也假如九山出声上八山亇即下九山又上八亇丌丌下
　九山

宇 定吟也如按某山即以骨節動吟之而外不覺指動為妙

琴 雙吟也一弦兩声不緩不急類乎上亇但其音俱取中和

娛 緩吟也慢而寬和其声勿斷

犭 綽猱也卜中巾犭

飛 飛猱也按山得聲兩上兩下

指法左　〈古黑水穆敬止氏〉

　二　厅霞檀順本

夵 撞猱也先一立接住一猱

夠 雙猱也初時一犭車又加一犭以乾净為佳

夌 退猱也如九山弹退下九半犭

邑 搯起也如大指于八山弹而得声即下九山不用弹名指按下

回 同起也如大指按九山七弦苟齊起有尸

芭 對起也如大指按九山用弹一尸名指随按下十山大指即尸巳曰芭

邑 底起也大指按絃将指甲尿起得一散尸曰尿起

曲 帶起也如弦其尸絕復仍巾已本弦

巴 泛音起也

正 泛音止也

冂 同聲也如名指十山匊大指九山一匹就散指六與四弦四同

立 撞也如九山弹或下十或上八將按指急捻即止

仐 大撞也較立重些取蒼古之音為佳

𥫗 小撞也捻之輕而有情

指法在 《古黑水穆敦止氏》重刊 三研霽庚本

登 雙撞也連立二声要無形

豆 逗也右弹與左按相近響

雁 應也七山半勻即送催

售 進復也即一上一下

昬 退復也弹得尸即往下退而仍復上本位

㫫 虛罄也不按不弹以將指闪于某弦某山而有音

靈 虛撞也弹完音將盡欲過弹時加一立

方　放也即巾已然巾已手指離琴方則拮不離琴

合　合也與上方之弦同尸

厏　應合也如名拮按十山勹即上九山隨芭雁之

劢　不動也如結勹之音不宜六才比省更有斬截之義

弅　分開也如兩尸在一處或木乚或勹屶得音後往上再注一尸

午　澌也此是弓上之音但勢用急云山廧暑止如趨至水涯急切　廻步之義

弓　引也必以弓云音是為主如大拮五弦八山半頙弓云七山半　方足

搢法在〈黠黑水穆敬止氏〉田　研

云　至也或云某山或云某弦

徕　往來也自上自下徕二次

尤　就也或尤本山或尤急弹別弦或尤六才皆是

旵　跪也以名拮屈轉按弦四五山以上名拮不便竪按以旵代之

卜　外山也過十三山外指離山三四分

晶　慢也孚罕弹之

龠　人慢也下指先繁弹數尸漸漸数数落落而弹

齾 漸慢也如縈團之後漸昌漸昌之

上 上也即山上或上某山

下 下也即山下或下某山

哭 罨也如名指按十大指打九即是

拙 推出也言其一絃多不用巾已止將弦向外拙而響

半 半也或半山或上半

指法左

《古黑水穆敬止氏》重刊

五 研露樓原本

研露樓琴譜　　　　拙圍崔應階手訂

鷗鷺忘機　五段

宮音

其一

忘機　宮

其二

其四

其三

志機宮

重刊

古黑永穆敬止氏

研露齋醮本

其五

忘機宮

〈重刊 古黑水穆敬止氏〉

研靈檀原本

三

圯橋進履 凡七段

宮音

其一

圯橋宮

其二

《古黑水穆敬止氏 重刊》

其三

其四

卷六

杞橋官

重刊
古黑水穆敬止氏

其五

地橋宫

重刊

〔古吴水穆阪止氏〕

其六

其七

把橋宮

《古黑水穆敬止氏》重刊

地橋宮

重刊
古杲水穆敬止氏

五

厨露樓原本

墨子悲絲　凡十三段

商音

其一

墨子商　《古黑水穆荻上氏》重刊　一册雲書屋原本

其二

墨子 商

《重刊古黑水稼敕止氏》

三 研露樓原本

其三

其五　　　其四

墨子書

《古黑水穆敬止氏》重刊　三　冊露樓原本

其六

墨子 商

《重刊古黑水穆敬止氏》

研露樓原本

四

其七

其八

墨子
商

《古黑水穆敬止氏》
重刊

研霱樓覆顧本

其九

其十

墨子

古黑水穆敦止氏
重刊

研露樓原本

十一

《古黑水𣲩敷止氏》
重刊

七

厅霝楼原本

十二

十三

重刊
《古黑水穆敬止氏
研露樓原本》
墨子商

墨子商

《重刊黑水穆敬止氏》

九　研露樓原本

静觀吟 凡三段

商音

其一

静觀商

〔古黑水疁敬止氏 重刋〕

〔一册露樓原本〕

其二

其三

大重刊
古黑水穆敬止氏

硏靈福原本

三

商

寒

釋談章　佛頭　商音

釋談商

《重刊》古黑水穢敬止氏　研露樓原本

南無佛陀耶南　無達摩

耶南　無僧　伽耶南　無

本師　釋　伽　牟尼　佛南

南　無普庵　祖師菩薩南

無　大悲　觀世音菩薩

無　百　萬　火　首金剛

王菩薩南　無普庵　禪

師　菩薩摩　訶　薩

其一第一回

唵　迦　迦　迦　妍

釋談章　《重刊》《古黑水穆敬止氏》三研齋禮願本

哥　遮　遮　遮　神　慈

吒　吒　吒　怛　那　多

多　多　檀　那

波　波　波　梵　摩

其二

摩梵　波　波那

檀多　多　多那

恒吒　吒　吒惹　神

釋談商

古黑水穆敬止氏

研雲覆原太

三

遮遮　罦　妍

迦　迦　迦　迦

妍　羿

其三

迦迦雞雞俱　俱雞俱雞

俱　魚喬雞駑喬　雞　魚罘妍

匊　幕幕駑五四三勻正

釋談　商　《古黑水穆敏止氏》　研露樓原本
　　　　　　　重刊　　　　　　　西

其四

遮遮　支支朱朱

菊　支朱支　朱占昭

支　昭支　占惹

神 遮遮遮遮 遮

遮遮 神 卷

其五

吒吒知知都 都知都 知

都擔 多 知多 知

釋談商

《古黑水穆敬止氏 重刊》

五 研

擔那怛 吒 吒

吒吒吒怛那

其六

多多　諦諦　多多諦　多多諦　多

㗚嚲䫂匄㗚七六匄蜀屢句㘞五省

喃那　呢　哪　呢

句瑟琶

喃那　檀　多　多　多

㗚䫂㘞四立

多　多　多

多　檀那

釋談商

古黑水穆敬止氏　重刊　末

其七

波波悲　悲波波　波

箜䫂　箜䫂　波　梵　摩

悲波悲　波　梵　摩

迷　迷　梵　摩

摩梵波波波波波 梵

梵波波波波波波 梵

摩

其八

摩梵波波波波 那檀多 多多

釋談商 《古黑水積敬止氏 重刊》 研露樓原本

那怛吒吒 吒惹 神遮

遮遮界 妍迦 迦迦

四五饌五四勻迦四勻三 迦迦

遮遮界 妍迦 迦

迦妍界

四勻四五匹勻 迦妍界

其九　第二回

迦迦雞　雞俱　俱雞喬

鼉鼉兼　鼉鼉兼　驗　堯

倪　堯倪驗界妍迦

釋談商

《重刊古黑水穆敬止氏》

四三勾。　迦迦迦迦妍界

其十

遮遮支支朱　朱支昭　占　占　堯

筍筍　　朱支　　占占占驗堯

六巾己

倪　尭　倪　　驗　惹　神

遞遞遞遞　神惹

十一

吒吒知知都都　知多談談

談談　談喃哪呢哪

呢喃　那怛吒吒

吒吒吒吒　吒怛那

十二

十三

釋談商

〔重刊〕古黑水穩敬止氏 十 研露檀原本

迷梵　梵梵　蔔　波波悲悲波　多　多　二底巳　嘮
　　　梵梵　　波波波悲波　　多檀那　菊駑芭　呢哪　菊
摩梵波　梵梵梵　筥　波波梵梵梵　多　多　芭　嗨那檀　唵芭
波波波　摩　　　　　　　　多　芭　多多
波波　迷摩　蔔　十三　多
　迷摩　　　梵梵

波　　波梵摩

摩梵波波波　　那檀多多多

十四

釋談商

《重刊古黑水穆敬止氏》

那怛吒吒　吒　惹神遮遮

舊旬四五正

遮罘妍　迦迦迦

苟芝。　　妍界

蔡　　迦

十五　第三回

迦迦雞雞俱

雞俱　俱

釋談商　重刊　古黑水稷敬止氏　研露樓原本

十六

耶喻喻喻喻喻喻

喻喻喻　界妍　迦迦

迦迦迦迦　妍界

遮遮　支支朱朱　耶喻喻

喻喻喻喻喻喻喻　惹神神

篙寫四三匀三五四三匀篙五篙匀四五

遮遮遮遮遮遮遮遮遮

遮遮遮

神惹

惹〔辰巳〕送。

十七

吒吒　知知都都　耶　奴奴

〔辰巳〕　孽　〔辰巳〕　下十　鸞姥　雞　世巳

　　　釋談商 《重刊
　　　　　古黑水穆敬止氏》

　　　〔正〕篤　〔上十奈〕　〔巳〕酉　上十各盲巾巳　酉莒。奴

那　怛吒吒吒吒吒

雞奠〔辰巳〕鴛酉三鴛莒莒　上九盲邑鴛

怛那

鴛鴛。〔廿女一〕

十八

多多　諦諦多多　耶　奴奴奴奴

鴛　上六元奄莒勾邑篤芑女二　〔盌〕冪上七巾巳刀

釋談章

《重刊古黑水稑敏止氏 研露樓原本》

十九

那
竻 正

波波 悲悲 波波 耶 母母 母·母

蓊 母 母 母 母

波波 梵摩 摩梵波波波波

五四三二圖。三正

二十

奴 奴 奴 那 檯

作。發 多 多 多

多 多 多 檯

摩梵　波波波那怛吒吒

嵳篤上九ㄢ平也　芭篤上九吒芭瑞雁

吒那檀多多多惹神遮遮

鬌鬌鬌鬌廿一巾巳草蕫篤芭篤篤

遮罴妍

蕫萄齒齒篤萄上十下下十五巾巳蕭ㄅ四車

　罴

釋談章

芭藝辰巳籛藝蕫六。

茋下九芭鬌齒篤茋藝鬌。

　　重刊
　　　　点黑水穆数止氏

　迦迦迦

　迦妍

　　迦迦

十五研露樓原本

嗹波多吒遮迦耶夜蘭詞阿瑟吒

　吒尾

巳鬌萄芭篤萄芺芭萄萄

薩海吒嚈嚧嚈嚧吒遮迦耶娑婆

訶無數天龍八部百萬火首金剛昨
日方隅今朝佛地普庵到此百無禁
忌

釋談肩

《古黑水秘敕止氏
重刊》

十六研

松下觀濤 凡九段

角音

其一

觀濤 角

古黑水穆然止此氏
重刋

其二

觀濤 角

《古黑水穋敬止氏》 重刊

三 研露樓原本

其三

其四

其五

觀濤角

重刊㵼水穆救止氏

三　研露樨廒本

其六

其七

觀濤角

古黑水穆歔止氏
重刊

研露樓原本

觀濤 角

《古黑水穆敬止氏》
重刊

五 廟當樓廈本

其八

其九

農

寒

列子御風 凡十段

角音

其一

列子角

《重刊古黑水穆敬止氏》

其二

其三

其四

列子角

《重刊》

《古黑水穆敬止氏》

二·硏靈樓原本

其五

列子　角

【重刊】

古黑水穆敬止氏

其六

列子角

《點勘水僊散止氏》

研露樓原本

其七

列子角

【重刊】

古黑水隱敬止氏

玉 研露棋原本

其八

其九

列子角

其十

【古黑水穆敬止氏重刊】

研露樓原本

六

列子　角

〈古黑水穋敬止氏 重刊〉

研露樓原本

七十